CW00482305

www.einaudi.it

ISBN 978-88-06-22977-1

Murakami Haruki

Gli assalti alle panetterie

Illustrato da Igort

Traduzione di Antonietta Pastore

Einaudi

L’assalto a una panetteria

In ogni caso, avevamo fame. Anzi, per l'esattezza, ci sembrava di aver inghiottito il vuoto cosmico, quella era la sensazione. All'inizio era un vuoto piccolo, delle dimensioni del buco di una ciambella, ma col passare dei giorni andava espandendosi all'interno del nostro corpo e prendeva le dimensioni di un abisso senza fondo. Un monumento alla fame, con tanto di musica solenne in sottofondo.

Cos'era a provocare una fame simile? La mancanza di cibo, naturalmente. E come mai non avevamo cibo a sufficienza? Perché non possedevamo niente da poter dare in cambio di viveri. Quanto alla causa di questa situazione, molto probabile che fosse la nostra mancanza di fantasia. Anzi, forse c'era un collegamento diretto tra la mancanza di fantasia e la fame.

Comunque non ha importanza.

Dio era morto, al pari di Marx e di John Lennon. E noi eravamo famelici. Il risultato fu che decidemmo di compiere un reato. Non era la fame a spingerci a fare il male, no. Il male si trasformava in bisogno di cibo per istigarci a delinquere. Non me ne intendo molto, ma era qualcosa vicino all'esistenzialismo.

– Senti, io dò di matto, – disse il mio amico. Una triviale e perfetta sintesi della situazione.

Non c'era da stupirsene. Negli ultimi due giorni avevamo bevuto solo acqua. Una volta avevamo provato a mangiare delle foglie di girasole, ma non ce la sentivamo di farlo di nuovo.

Ragion per cui ci armammo di coltelli da cucina e partimmo alla volta della panetteria. La quale si trovava nel centro del quartiere commerciale, tra un negozio di futon e una cartoleria. Il padrone era un uomo calvo che aveva passato la cinquantina, ed era un membro del Partito comunista. I coltelli stretti in mano, ci avviammo lentamente verso il quartiere commerciale. Avete presente il finale di *Mezzogiorno di fuoco*? Man mano che ci avvicinavamo, la fragranza del pane caldo si faceva piú forte. E piú intenso era l'odore, piú cresceva la nostra propensione a delinquere. L'idea di attaccare una panetteria e, al contempo, un membro del Partito comunista ci eccitava, ci metteva in uno stato di esaltazione simile a quello della Gioventú Hitleriana.

Era già pomeriggio inoltrato e nel negozio c'era solo una cliente. Una donna di mezza età piuttosto sciatta che teneva la borsa appesa con incuria a una spalla. Intorno a lei aleggiava un'aura pericolosa: era quel tipo di donna che manda a monte i piani criminali. Perlomeno, è quello che succede sempre nelle serie televisive. Con gli occhi, feci cenno al mio amico di non muoversi finché lei non fosse uscita. I coltelli nascosti dietro la schiena, facemmo finta di guardare il pane esposto sugli scaffali.

Dopo un tempo infinito – c'era da uscire pazzi –, con una prudenza degna dell'acquisto di un armadio o di una *coiffeuse* a tre specchi, la donna finalmente prese con le pinze un melonpan[1] e un krapfen, e li posò sul suo vassoietto. Ma non crediate che sia andata subito a pagare. No, per lei quel melonpan e quel krapfen erano semplici ipotesi. O un polo remoto, un estremo Nord per adattarsi al quale aveva bisogno di tempo.

Col passare dei minuti, il melonpan cominciò a perdere il suo stato di ipotesi. La donna scuoteva la testa, con l'aria di chiedersi perché mai avesse preso quella roba. No, era la scelta sbagliata, sembrava pensare. Troppo dolce. Rimise il melonpan al suo posto, e in cambio, dopo qualche esitazione, depose sul vassoietto due croissant. Una nuova ipotesi era nata. L'iceberg cominciava a scricchiolare, mentre un raggio di sole primaverile iniziava a farsi strada fra le nuvole.

– Cosa sta aspettando? – sibilò il mio amico.
– Facciamo fuori anche la vecchia, già che ci siamo.

– Aspetta, stai fermo! – gli dissi.

[1] Tipico dolce giapponese la cui forma ricorda quella di un melone [*N. d. T.*].

4
2
1

Il padrone della panetteria, indifferente al comportamento della donna, ascoltava trasognato la musica di Wagner che usciva dallo stereo. Era corretto per un membro del Partito comunista ascoltare Wagner? Non ne ero sicuro.

La donna continuava a osservare in silenzio i croissant e il krapfen. Sembrava dirsi che c'era qualcosa di strano. Qualcosa che non quadrava: dei croissant e un krapfen non avrebbero dovuto trovarsi sullo stesso vassoio. Probabilmente percepiva nel loro accostamento una contraddizione. Nelle sue mani, il vassoio si mise a sbatacchiare come un frigorifero dal termostato guasto. Uno sbatacchiare metaforico, è ovvio, mica lo fece realmente.

– Io l'ammazzo, – disse il mio amico. Aveva i nervi a fior di pelle, mi ricordava la buccia di una pesca: colpa della fame, di Wagner e della tensione creata dalla donna.

La quale, sempre col vassoio in mano, vagava in contrade infernali degne di Dostoevskij. Il primo a salire sulla tribuna fu il krapfen, che fece, davanti a un'assemblea di antichi Romani, un'arringa emozionante. Grande ricchezza di linguaggio, una retorica brillante, un tono baritonale carico di risonanze... tutti applaudirono contenti. Poi fu il turno dei croissant, che dalla tribuna fecero un discorso piuttosto sconclusionato sui semafori agli incroci: le automobili che volevano girare a sinistra, quando il semaforo passava al verde dovevano andare dritto, e svoltare solo dopo essersi assicurate che non arrivasse nessuno in senso inverso... qualcosa del genere, insomma. I *cives* romani non sembravano capirci granché, era un discorso troppo complicato per loro, pensavano, ma applaudirono lo stesso. Persino con maggior entusiasmo di prima. Il krapfen si ritirò sullo scaffale.

Il vassoio aveva raggiunto la perfezione pura: due croissant.

A quel punto la donna finalmente se ne andò.

Adesso toccava a noi.

– Stiamo morendo di fame, – dissi al padrone. Il coltello lo tenevo sempre nascosto dietro la schiena. – Ma non abbiamo un soldo.

– Ho capito... – fece il padrone annuendo.

Sul bancone era posato un tronchesino per le unghie. Il mio amico e io non staccavamo gli occhi da quell'arnese: era enorme, avrebbe tagliato le unghie di un avvoltoio. Un oggetto ideato per fare qualche brutto scherzo, di sicuro.

– Be', se avete tanta fame, qui c'è pane di tutti i tipi.

– Sí, ma non abbiamo soldi.

– Ho sentito, – disse il padrone con aria annoiata. – Non è necessario che mi paghiate, potete mangiare tutto il pane che volete.

Di nuovo guardai il tronchesino.

– Sono stato chiaro? Siamo qui per compiere un reato.

– Sí, sí...

– Quindi non accettiamo elemosine da un estraneo.

– D'accordo.

– Parlo sul serio.

– Ho capito, – disse di nuovo il padrone annuendo. – Allora facciamo cosí. Voi prendete tutto il pane che volete, e io vi lancio una maledizione. Vi va bene?

– Una maledizione? Tipo quale?

– Be', una maledizione non è mai qualcosa di preciso. Non è mica come l'orario dell'autobus.

– Ehi, un momento! – si intromise il mio amico. – A me non piace affatto, questa cosa. Non voglio maledizioni, io! Facciamolo fuori, questo qui, e non se ne parla piú!

– Piano, piano! A me non va di essere ammazzato, – replicò il padrone.

– E a me non va di beccarmi una maledizione.

– Sí, però qualcosa bisogna che ce lo scambiamo, – feci io.

Restammo per un bel po' in silenzio, lo sguardo fisso sul tronchesino.

– Ho trovato! – fece il padrone. – A voi piace Wagner?

– No, – risposi io.

– Per niente, – disse il mio amico.

– Ecco, se ve lo fate piacere, vi lascio mangiare tutto il pane che volete.

Sembrava la predica di un missionario in Africa. Ma ci affrettammo ad accettare. Era sempre meglio di una maledizione.

– Sí, Wagner va bene! – dissi.

– Anche a me, – fece il mio amico.

E fu cosí che ci riempimmo la pancia di pane ascoltando Wagner.

– *«Tristano e Isotta» è un'opera che brilla come un faro nella storia della musica. Scritta nel 1865, è fondamentale per la comprensione delle ultime composizioni di Wagner*, – diceva la nota esplicativa che ci lesse il padrone.

– Ah...

– Mhmm...

– *Tristano, nipote del re di Cornovaglia, ha l'incarico di portare in quel paese la fidanzata dello zio, la principessa Isotta, ma nel viaggio di ritorno, sulla nave, Tristano e Isotta si innamorano. Lo splendido duo di oboe e violoncello del preludio è il filo conduttore che simboleggia il loro amore.*

Un paio d'ore dopo, ce ne andammo tutti e due con la pancia piena.

– Domani vi faccio ascoltare *Tannhaüser*! – ci disse il padrone.

Quando tornammo a casa, il vuoto dentro di noi era sparito. E la nostra fantasia cominciò a rotolare su un dolce pendio.

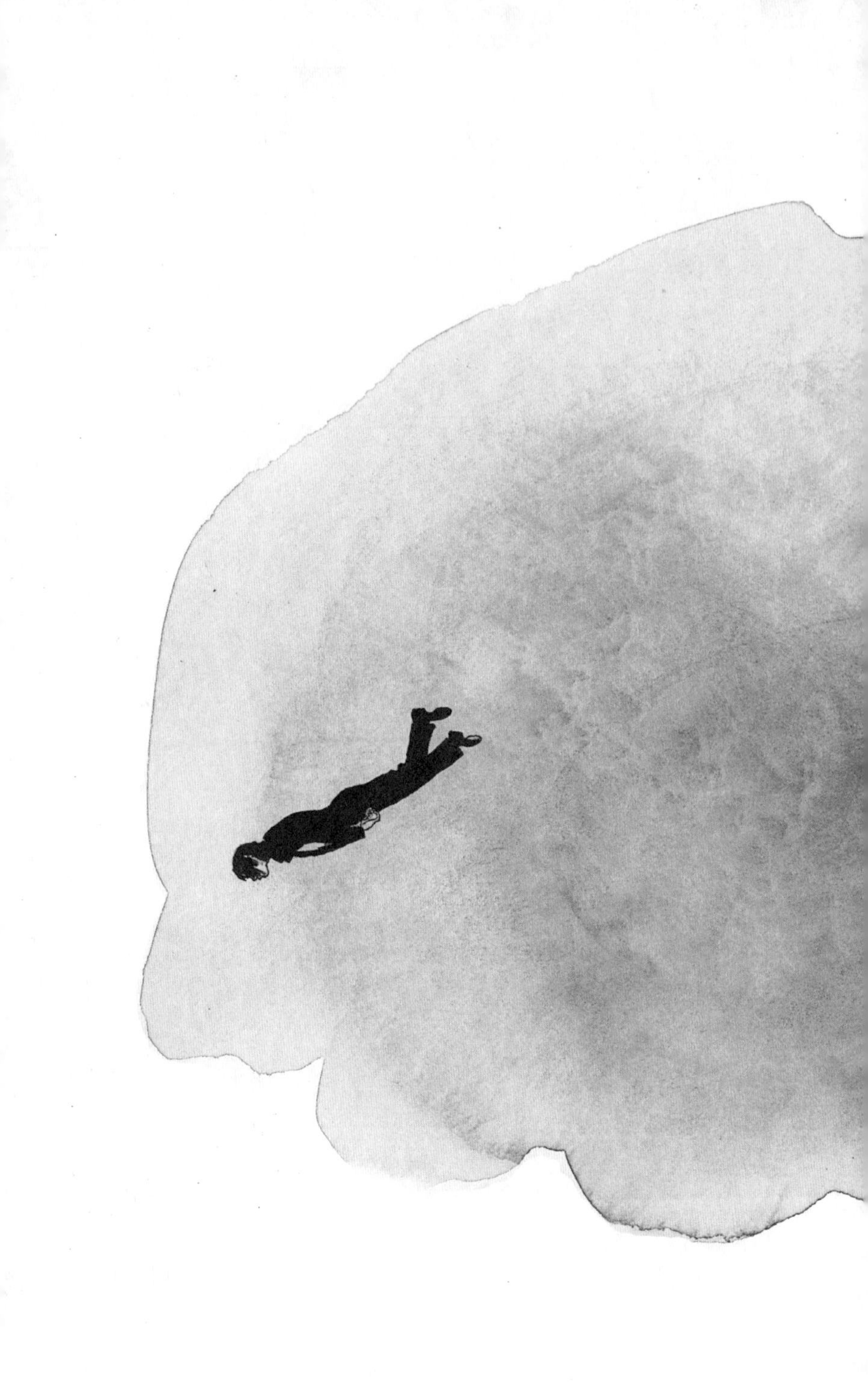

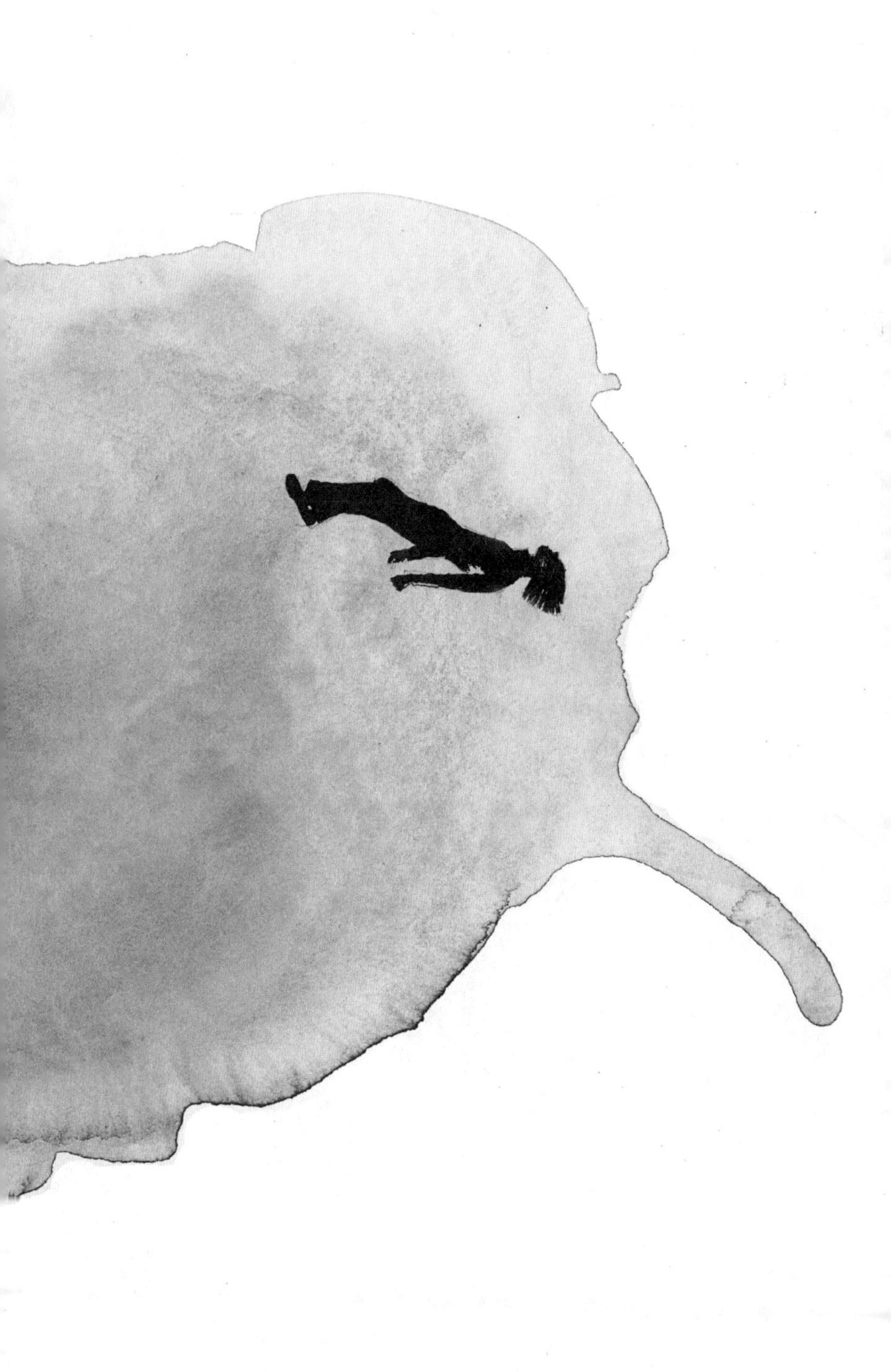

Il secondo assalto a una panetteria

Ancor oggi non sono certo di aver fatto la cosa giusta, parlando a mia moglie dell'attacco alla panetteria. Ma è possibile che in sostanza non fosse una questione di giusto o sbagliato. Voglio dire, al mondo ci sono decisioni sbagliate che portano a risultati giusti, e viceversa. Per sfuggire a quest'assurdità – penso che la si possa chiamare cosí – ho dovuto convincermi che noi non scegliamo un bel niente. Di solito questa è la mia visione della vita, quel che è successo è successo, quel che non è ancora successo non è ancora successo.

Considerando le cose in quest'ottica, è capitato, chissà perché, che io abbia parlato a mia moglie dell'attacco alla panetteria. «Cosa fatta capo ha». Ne sono conseguiti gli eventi che dovevano conseguirne. Tuttavia, se vi parranno strani, penso che la ragione sia da ricercarsi nel contesto globale in cui sono accaduti. Ma la mia opinione non conta, non modifica nulla, resta solo un modo di vedere le cose.

Fu per combinazione che parlai a mia moglie di quella vecchia storia. Erano le due di notte. Avevamo fatto una cena leggera verso le sei, poi alle nove e mezzo eravamo andati a letto e ci eravamo addormentati, ma alle due, per chissà quale ragione, ci eravamo svegliati entrambi, nello stesso momento. Dopo qualche secondo eravamo stati presi da una fame che aveva la forza della tromba d'aria nel *Mago di Oz*. Una fame impellente, direi quasi selvaggia. Nel frigo però non c'era assolutamente nulla con cui preparare qualcosa da mangiare, qualcosa degno di essere definito cibo. C'erano sei lattine di birra, della salsa vinaigrette, due cipolle raggrinzite, del burro e del deodorante. Eravamo sposati da due settimane, e non avevamo ancora stabilito un criterio comune nelle abitudini alimentari... avevamo un sacco di altre cose da stabilire, prima.

All'epoca lavoravo in uno studio legale, e mia moglie era segretaria in una scuola di design. Io avevo ventotto o ventinove anni – chissà perché, non riesco a ricordarmi la data esatta in cui ci siamo sposati –, lei due anni e otto mesi meno di me. Con tutto quello che avevamo da fare, eravamo in uno stato confusionale e contraddittorio, non avevamo certo testa per le provviste.

Ci alzammo, andammo in cucina e ci sedemmo al tavolo uno di fronte all'altra, senza uno scopo particolare. Avevamo troppa fame per rimetterci a dormire – bastava che ci sdraiassimo perché i crampi diventassero insopportabili –, ma anche per fare qualsiasi altra cosa. Non riuscivamo a im-

hi
sahi
DRY
ahi

maginare il perché e il percome di una fame cosí insopportabile.

Entrambi avevamo aperto la porta del frigorifero non so quante volte, in un ultimo barlume di speranza, ma il contenuto non variava. Birra, cipolle, burro, salsa vinaigrette e deodorante. Si potevano fare le cipolle al burro, ma era impensabile che due cipolle rinsecchite bastassero a calmare la nostra brama di cibo. Le cipolle sono fatte per essere mangiate insieme a qualcos'altro, non per sfamare.

– E se condissimo il deodorante con la vinaigrette? – dissi per scherzo, ma come prevedevo la mia battuta venne ignorata.

– Prendiamo la macchina e andiamo a cercare una caffetteria aperta tutta la notte. Lungo la nazionale ce ne devono essere, – proposi allora.

Mia moglie però rifiutò. Disse che non aveva voglia di uscire.

– Uscire dopo mezzanotte per andare a mangiare non mi sembra una bella cosa, – dichiarò.

Per certi versi lei è terribilmente all'antica.

– Mah, forse hai ragione, – risposi dopo un sospiro.

Credo sia un fenomeno piuttosto frequente, ma all'inizio del nostro matrimonio tali opinioni (o teorie) di mia moglie suonavano alle mie orecchie come delle rivelazioni. Quando lei mi disse cosí, mi convinsi che la nostra era una fame particolare, un bisogno che non si poteva calmare in maniera banale, andando a cercare una caffetteria aperta tutta la notte.

Ma cosa significava, una fame particolare?

Lo rappresenterò con un'immagine cinematografica:

1) Sono su una piccola barca che galleggia sull'acqua molto calma. 2) In basso, sul fondo del mare, si vede la cima di un vulcano. 3) Tra la superficie dell'acqua e la cima del vulcano non c'è una grande distanza, ma non so valutarla con precisione. 4) L'acqua è troppo trasparente e altera il mio senso della distanza.

Nei due o tre secondi che passarono da quando mia moglie disse che non aveva voglia di andare al ristorante a quando le risposi «forse hai ragione», quella fu l'immagine che mi passò per la testa. Non essendo Sigmund Freud, è ovvio che non riuscii ad analizzarne correttamente il significato, ma intuii subito che era rivelatoria. Per questo fui quasi automaticamente d'accordo con la teoria (o dichiarazione) di mia moglie, che non bisognava andare a mangiare fuori – ferma restando la mia fame esagerata.

Non potendo fare altro, aprimmo delle lattine di birra. Cento volte meglio delle cipolle. Mia moglie però non ama molto la birra e ne bevve solo due, io mi scolai le altre quattro. Mentre io bevevo, lei frugò in tutti gli scaffali della cucina, come uno scoiattolo in novembre, e in fondo a un sacchetto trovò quattro vecchi biscotti al burro. Molli e umidi, erano quel che restava della base di una torta che aveva preparato tempo prima, ma ce li mangiammo come cose preziose, due per ciascuno.

Purtroppo però sia la birra che i biscotti, sulla nostra fame, vasta come la penisola del Sinai vista dall'alto, non lasciarono traccia. Si dileguarono in un baleno, come un miserabile frammento di paesaggio fuori dalla finestra.

Leggemmo le scritte sulle lattine di alluminio della birra, decine di volte guardammo l'orologio e la porta del frigorifero, sfogliammo il giornale del giorno prima, raccogliemmo con il bordo di una cartolina le briciole dei biscotti cadute sul tavolo. Il tempo si accumulava cupamente, come del piombo finito nella pancia di un pesce.

– È la prima volta che ho una fame del genere, – disse mia moglie. – Pensi che ci sia qualche nesso col fatto di essermi sposata?

Le risposi che non lo sapevo. Forse sí, e forse no.

Mentre lei ricominciava a frugare in tutta la cucina alla ricerca di qualcosa che si potesse mettere sotto i denti, io mi sporsi di nuovo dalla barca e guardai la cima del vulcano sul fondo del mare. La trasparenza dell'acqua intorno alla barca mi metteva addosso una tremenda apprensione. Mi sentivo come se mi si fosse aperta una cavità in mezzo allo stomaco. Una semplice cavità, senza entrata né uscita. Quello strano senso di vuoto dentro di me – la presenza di qualcosa di inesistente – assomigliava al terrore paralizzante che

uno prova quando sale in cima a una guglia altissima. Il fatto che ci fosse un legame tra la fame e il senso di vertigine era una scoperta.

In quel momento mi ricordai che in passato avevo fatto un'esperienza simile. Anche quella volta avevo provato una fame tremenda. Quando era stato...?

– Quando assaltammo la panetteria! – esclamai di riflesso.

– Cosa significa, *assaltammo la panetteria*? – mi domandò immediatamente mia moglie.

Cosí cominciai a parlare di quell'episodio.

– Tanto tempo fa, mi è successo di dare l'assalto a una panetteria, – le spiegai. – Non era tanto grande, e neanche tanto rinomata. Il pane non era particolarmente buono, ma nemmeno cattivo. Una panetteria qualunque, come ce ne sono in tutti i quartieri. Si trovava in una via piena di negozi, e il padrone faceva tutto da solo, fornaio e commesso. Quando aveva venduto tutto il pane sfornato la mattina, chiudeva il negozio. Per dirti il suo giro d'affari.

– E perché volevi rapinare una panetteria cosí modesta?

– Non avevamo bisogno di prenderne di mira una piú grande. Non volevamo rubare del denaro, soltanto procurarci il pane necessario per sfamarci. Eravamo dei rapinatori, non dei ladri.

– *Eravamo?* Chi, eravate?

– All'epoca avevo un amico cui ero molto legato, – spiegai. – Ormai sono passati dieci anni, ma allora eravamo poveri in canna, non potevamo neanche comprarci il dentifricio. Non avevamo mai abbastanza da mangiare. E per procurarcelo abbiamo fatto delle cose tremende. L'assalto alla panetteria è una di quelle.

– Spiegati meglio, – disse mia moglie guardandomi fisso in viso. I suoi occhi sembravano cercare una stella che sbiadiva nel cielo dell'alba. – Perché avete fatto una cosa del genere? Perché non lavoravate? Se vi foste trovati qualche lavoretto saltuario, almeno il pane avreste potuto comprarvelo. Era molto piú semplice che rapinare una panetteria.

– Perché non volevamo lavorare, – risposi. – In questo eravamo irremovibili.

– Adesso però vai in ufficio regolarmente.

Annuii, poi bevvi un sorso di birra. Mi strofinai gli occhi con i polsi, tutte quelle birre mi avevano fatto venire sonno. Sonno che calava sulla mia coscienza come fango sottile e lottava con la fame.

– I tempi cambiano, e con i tempi cambia anche l'atmosfera, e il modo di pensare della gente. Ma perché non andiamo a dormire? Domani mattina dobbiamo alzarci presto tutti e due.

– Non ho sonno, e voglio sentire questa storia dell'assalto alla panetteria.

– Ma non è una storia interessante. Perlomeno non quanto ti aspetti tu.

– E avete avuto successo?

Rassegnato, aprii un'altra lattina di birra. Mia

moglie ha un carattere tale per cui quando incomincia ad ascoltare qualcosa, vuole arrivare alla fine.

– In un certo senso sí, e in un certo senso no. In poche parole, ci siamo procurati tutto il pane che volevamo, ma come rapina in sé fu un fiasco. Insomma, prima che ci impossessassimo del pane con la forza, il panettiere ce lo dette.

– Gratis?

– No, non gratis. E qui comincia la parte complicata, – dissi scuotendo la testa. – Il panettiere era un melomane, proprio in quel momento aveva messo un 33 giri di Wagner, una raccolta di *ouvertures*, e ci propose uno scambio: se avessimo ascoltato fino in fondo quel disco, avremmo potuto prendere tutto il pane che volevamo. Io e il mio amico ci consultammo, poi decidemmo che potevamo accettare. Non era un lavoro in senso stretto, e la musica non faceva male a nessuno. Cosí rimettemmo i nostri coltelli nella sacca, ci sedemmo e ascoltammo insieme al panettiere il *Tannhäuser* e *L'olandese volante*.

– E poi lui vi ha dato quello che volevate?

– Sí, io e il mio amico buttammo quasi tutto il pane che c'era in negozio nelle borse e lo portammo a casa, ci bastò per quattro o cinque giorni, – dissi bevendo un altro sorso di birra. Il sonno, come un'onda silenziosa provocata da un terremoto sottomarino, fece vacillare leggermente la mia barca. – Avevamo ottenuto il nostro scopo, che era di procurarci del cibo, – proseguii, – ma non si poteva dire che avessimo commesso un crimine, in nessun

Wagner

modo. Era stato piuttosto uno scambio. Avevamo ascoltato Wagner, e in compenso avevamo ottenuto il pane. Dal punto di vista legale, era una transazione commerciale.

– Ma ascoltare Wagner non è un lavoro, – disse mia moglie.

– Appunto. Se il panettiere ci avesse chiesto di lavare i piatti, o di pulire le finestre, ci saremmo rifiutati, e avremmo proceduto a rapinare la panetteria. Lui però non ha preteso nulla del genere, solo che ascoltassimo un 33 giri fino alla fine. Per questo io e il mio amico siamo rimasti interdetti. L'ultima cosa che ci aspettavamo era quella storia di Wagner, naturalmente. Era come se il panettiere ci gettasse addosso una sorta di maledizione. A ripensarci adesso, non avremmo dovuto accettare, dovevamo attenerci al piano originario, minacciarlo con i coltelli e prenderci semplicemente il pane. Se avessimo fatto cosí non ci sarebbe stato nessun problema.

– Perché, ci sono stati dei problemi?

Di nuovo scossi la testa e mi strofinai gli occhi con i polsi.

– No, non dei problemi concreti, tangibili. Ma a partire da quell'episodio tante cose sono andate lentamente cambiando. E quando una cosa cambia, non torna piú com'era prima. Alla fine ho ripreso gli studi e mi sono laureato, ho trovato lavoro in uno studio legale e intanto ho cominciato a preparare l'esame di procuratore. Poi ti ho incontrata e mi sono sposato. Non ho piú potuto assaltare panetterie.

– È tutto qui?

– Tutto qui, – risposi finendo la birra. Le sei lattine erano vuote. Nel portacenere restavano sei linguette di latta, come scaglie di una sirena arenata.

Che proprio non fosse capitato nulla non era vero, erano successe alcune cose ben reali e concrete. Però non avevo voglia di parlarne a mia moglie.

– E adesso cosa fa, quel tuo amico? – mi chiese lei.

– Non ne ho la minima idea, – risposi. – Poco tempo dopo dev'essergli successo qualcosa, perché non ci siamo piú visti. Non l'ho mai piú incontrato, non so cosa stia facendo adesso.

Mia moglie rimase qualche momento in silenzio. Probabilmente era molto sorpresa; doveva trovare il mio racconto poco chiaro, ma non cercò di farmi dire altro sull'argomento.

– Però il motivo per cui non vi siete piú visti è stato quell'assalto alla panetteria, vero?

– Può darsi. Lo shock che ricevemmo quella volta probabilmente fu molto piú forte di quanto ci sembrasse sul momento. Per molti giorni, dopo, discutemmo della relazione che intercorreva tra quel pane e la musica di Wagner. Chiedendoci se avevamo fatto la scelta giusta. Senza trovare una risposta. La ragione ci diceva di sí. Non avevamo danneggiato nessuno, e tutti erano rimasti piú o meno soddisfatti. Il panettiere,

anche se a tutt'oggi non capisco perché ci tenesse, aveva fatto propaganda al suo Wagner, e noi ci eravamo riempiti la pancia. Eppure sentivamo la presenza di un nodo irrisolto. Avevamo commesso uno sbaglio che avrebbe gettato un'ombra sulla nostra vita, per una ragione che ancora adesso non conosco. È per questo che poco fa ho usato la parola *maledizione*. Dev'essere proprio stata una maledizione, ne sono certo.

– E se n'è andata, quella maledizione? Da sopra la vostra testa?

Con le linguette delle lattine avevo formato sul tavolo un cerchio d'alluminio della grandezza di un braccialetto.

– Non lo so. Mi pare che il mondo sia pieno zeppo di maledizioni, e quando succede qualcosa è difficile dire quale abbia agito.

– No, io non credo che sia cosí, – disse mia moglie guardandomi fisso negli occhi. – Se uno ci riflette bene riesce a fare la differenza. Inoltre se non ti liberi da solo, da una maledizione, è come il mal di denti, ti perseguita finché non muori. E non perseguiterà solo te, ma anche me.

– Te?

– Certo, adesso sono io la persona a cui sei piú legato. Prendi per esempio questa fame terribile che stiamo provando tutti e due. Prima di sposarmi non mi era mai successo. Non pensi che sia anormale? Di sicuro la maledizione che pesa su di te si è estesa anche a me.

Annuii, dispersi di nuovo le linguette che avevo disposto in cerchio e le rimisi nel portacenere. Non sapevo se quello che lei stava dicendo fosse vero o no, ma ascoltandola parlare sentivo che poteva anche avere ragione.

La fame che per un momento si era allontanata dalla mia coscienza ritornò. Era diventata molto piú forte di prima e mi dava un mal di testa terribile. I crampi in fondo allo stomaco trasmettevano spasmi ai nervi della testa, come se il mio corpo fosse percorso da una rete di piccoli cavi.

Guardai di nuovo il vulcano in fondo al mare. L'acqua era molto piú trasparente di prima, bisognava guardare con molta attenzione per accorgersi che c'era. La barca dava l'impressione di galleggiare nell'aria, senza alcun sostegno. Ogni singola pietra sul fondo si distingueva in maniera nitidissima, sembrava di poterla prendere in mano.

– Sono solo un paio di settimane che viviamo insieme, ma ti giuro che anch'io ho sentito tutt'intorno una sorta di presenza malefica, – disse mia moglie. Poi incrociò le mani sul tavolo guardandomi intensamente negli occhi. – Prima di sentire questo tuo racconto non avevo capito di cosa si trattasse, è ovvio, ma adesso ne sono certa anch'io: su di te pesa una maledizione.

– In che modo, la senti?

– Si direbbero... delle tende non lavate da anni, coperte di polvere, che pendono dal soffitto.

– Può darsi che non si tratti di una maledizione, ma di un problema mio, – dissi ridendo.

Lei non rise.

– Non è cosí. Ne sono sicura.

– Se è davvero una maledizione, come dici tu, cosa dovrei fare?

– Assaltare di nuovo una panetteria. Ora, subito. Non hai altro modo di liberartene.

– Ora, subito?

– Sí, ora, subito. Finché dura questa fame. Quello che non hai finito allora, lo devi finire adesso.

– Ma ci saranno delle panetterie aperte, a quest'ora?

– Cerchiamone una! Tōkyō è grande, da qualche parte ce ne sarà una aperta tutta la notte.

Salimmo sulla nostra Toyota Corolla di seconda mano e ci mettemmo per le vie di Tōkyō, alle due e mezza del mattino, alla ricerca di una panetteria aperta. Io al volante, mia moglie sul sedile di fianco, scrutavamo la strada da entrambi i lati con l'occhio acuto di un uccello predatore. Sul sedile posteriore riposava un fucile automatico Remington, lungo e rigido come un baccalà; nella tasca del piumino di mia moglie si sentivano sbatacchiare le pallottole di riserva. Nel cassetto del cruscotto c'erano due paia di occhiali da sci neri. Perché lei possedesse un fucile automatico era un mistero. Stessa cosa per gli occhiali, nessuno di noi due aveva mai messo gli sci ai piedi. Ma lei non mi diede spiegazioni in proposito, né io le feci domande. Mi dissi semplicemente che la vita matrimoniale riservava delle sorprese.

A dispetto di quell'equipaggiamento sensazionale, non riuscimmo a trovare una sola panetteria aperta. Guidai per le strade quasi vuote da Yoyogi a Shinjuku, da Yotsuya ad Akasaka, Aoyama, Hiroo, Roppongi, Daikanyama, Shibuya. Nella Tōkyō notturna si trovava di tutto: uomini, donne, negozi, qualunque cosa tranne una panetteria. I fornai non fanno il pane durante la notte.

Due volte incrociammo una pattuglia della polizia. Una se ne stava acquattata sul bordo della carreggiata, l'altra ci superò a velocità relativamente moderata. Entrambe le volte a me vennero i sudori freddi; mia moglie invece non le degnò di uno sguardo e continuò a cercare con gli occhi l'insegna di un panettiere. A causa della sua posizione inclinata, le pallottole che aveva in tasca frusciavano come la crusca all'interno dei cuscini.

– Rinunciamo, – dissi. – Non ci sono panetterie aperte, a quest'ora. Bisognerebbe informarsi prima, per un'azione come questa.

– Ferma, ferma! – esclamò mia moglie tutt'a un tratto.

Frenai immediatamente.

– Ecco il posto giusto, – disse lei in tono calmo.

Sempre con le mani sul volante mi guardai intorno, ma non vidi nulla che somigliasse a una panetteria. I negozi lungo la strada erano tutti bui, con le saracinesche chiuse, nessun segno di vita.

処方せん

Dall'oscurità emergeva l'insegna di un barbiere, indifferente come un occhio di vetro deformato. Tutto quello che si vedeva era la scritta luminosa di un McDonald's, duecento metri piú avanti.

– Non c'è nessuna panetteria, qui, – dissi.

Mia moglie non rispose, aprí il cassetto del cruscotto, prese un rotolo di nastro adesivo e scese dalla macchina. Aprii anch'io la portiera dalla mia parte e scesi. Lei si accucciò davanti alla vettura, strappò un pezzo di nastro della lunghezza adeguata e lo attaccò sulla targa, in modo che non si potesse leggere il numero. Poi andò a coprire allo stesso modo la targa posteriore. Si muoveva come se compisse gesti abituali. Io stavo come uno scemo a guardarla.

– Assaltiamo quel McDonald's, – disse. Parlava in tono tranquillo, quasi mi stesse annunciando il menu della cena.

– Un McDonald's non è una panetteria, – obiettai.

– È quasi la stessa cosa, – ribatté lei risalendo in macchina. – Ci sono momenti in cui è necessario accettare dei compromessi. Portati lí davanti.

Rinunciai a discutere, avanzai di duecento metri ed entrai nel parcheggio del fast-food. C'era soltanto un'altra automobile, una Bluebird rossa, lucentissima. Mia moglie mi tese il fucile automatico avvolto in una coperta.

– Non ho mai usato un arnese del genere, – protestai, – né ho intenzione di farlo ora.

– Non avrai bisogno di usarlo, basta che tu lo tenga imbracciato, nessuno farà resistenza. Okay? Fai come ti dico. Entriamo; poi, appena i commessi dicono *benvenuti da McDonald's*, quello sarà il segnale, ci mettiamo gli occhiali da sci e passiamo all'azione. Tutto chiaro?

– Sí, sí, però...

– Tu tieni sotto tiro i commessi e fai radunare tutti in uno stesso punto, clienti e personale. Molto in fretta. Al resto penso io, non ti preoccupare.

– Sí ma...

– Quanti hamburger credi che siano necessari? Una trentina basteranno?

– Forse, – risposi. Poi con un sospiro presi il fucile. Spostai un poco la coperta per guardarlo, era nero come la notte, e pesante come un sacco di sabbia.

– È proprio necessario fare tutto questo? – chiesi. La domanda era rivolta per metà a mia moglie, per metà a me stesso.

– È ovvio! – rispose lei.

– Benvenuti da McDonald's! – fece la commessa dietro il banco, in testa un berretto McDonald's e sulle labbra un sorriso McDonald's. Quando la vidi ebbi un istante di smarrimento, ero convinto che da McDonald's i turni di notte li facessero solo gli uomini, ma mi ripresi subito e mi infilai immediatamente gli occhiali da sci. Vedendoci d'un tratto con quegli arnesi sulla faccia, la ragazza ci guardò con un'espressione sbigottita: sul manuale del perfetto inserviente McDonald's non dovevano esserci istruzioni su come reagire in una circostanza simile. Dopo averci dato il benvenuto, cercò dunque di procedere nel modo abituale, ma le parole le restarono in gola. Solo il sorriso professionale le aleggiava ancora agli angoli della bocca, come una luna di tre giorni nel cielo mattutino.

Tirai fuori il fucile il piú in fretta possibile e lo puntai verso i tavoli dei clienti, ma vidi soltanto una giovane coppia, probabilmente due studenti, buttati sul tavolino di plastica e profondamente addormentati. Sul ripiano, le loro due teste e i due bicchieri di frappé alla fragola erano allineati come delle sculture d'avanguardia. Visto che dormivano entrambi come sassi, bastava non disturbarli, non ci avrebbero dato alcun fastidio. Tornai a puntare il fucile verso il banco.

Il personale si componeva della ragazza dietro il banco, del gestore – un uomo vicino ai trenta, con la faccia a uovo e il colorito livido – e di un tizio del tutto inespressivo addetto ai fornelli, una sorta di ombra vaga, probabilmente il solito studente part-time. Tre persone in tutto. Si raggrupparono davanti alla cassa, gli occhi fissi sulla bocca del mio fucile puntato contro di loro, sul volto l'espressione di turisti che guardino in fondo a un pozzo inca. Nessuno gridò, nessuno cercò di reagire. Il fucile era cosí pesante che lo appoggiai sulla cassa, senza togliere il dito dal grilletto.

– Le dò i soldi, – disse il gestore con voce rauca. – Non resta molto perché alle undici c'è stata la raccolta, ma prenda pure tutto. Siamo assicurati, non fa niente.

– Chiuda le saracinesche e spenga l'insegna esterna, – disse mia moglie.

– Un momento, – replicò il gestore, – questo non lo posso fare. È vietato chiudere il locale fuori orario, mi mettete nelle grane.

Mia moglie ripeté lentamente l'ordine.

– Meglio che faccia come le è stato detto, – intervenni io, vedendo che l'uomo esitava sul serio. Lui spostò piú volte lo sguardo dalla bocca del fucile alla faccia di mia moglie, poi si rassegnò a spegnere l'insegna e a premere un pulsante su un pannello per far scendere le saracinesche. Io controllai che non schiacciasse anche qualche allarme o qualche campanello d'emergenza, ma inspiegabilmente sembrava che i locali della catena McDonald's ne fossero sprovvisti. Forse nessuno era andato a immaginarsi che si potesse rapinare un posto dove si vendevano hamburger.

Le saracinesche calarono con un fracasso tremendo, sembrava che qualcuno desse dei colpi di bastone su un secchio, ma la coppia al tavolo non si svegliò. Era parecchio tempo che non vedevo qualcuno dormire cosí.

– Trenta *Big Mac*, da portare via, – disse mia moglie.

– Vi dò tutti i soldi che volete, ma non potete andarveli a comprare? – chiese il gestore. – Da un'altra parte cioè. Cosí mi scombinate tutta la contabilità, e...

– Meglio che faccia come le è stato detto, – dissi di nuovo io.

I tre si recarono in fila nel cucinino, e cominciarono a preparare i trenta *Big Mac*. Lo studente part-time friggeva gli hamburger, il direttore li metteva nel pane, la ragazza li avvolgeva in fogli di carta bianchi. Nessuno diceva una parola. Io stavo appoggiato al grande frigorifero, il fucile puntato verso la griglia sulla quale sfrigolavano le polpette, allineate come un disegno di gocce marroni. L'odore dolce della carne arrostita, come uno sciame di minuscoli insetti, penetrava in tutti i pori della mia pelle, si mescolava al flusso sanguigno percorrendo il mio corpo da capo a piedi, poi si ammassava intorno alla cavità formata dentro di me dalla fame e restava saldamente attaccato alle sue pareti rosa.

Avevo voglia di afferrare un paio dei panini incartati che andavano formando una pila di fianco a me, e di mangiarmeli subito, ma non ero sicuro che tale condotta fosse consona al nostro obiettivo, cosí aspettai in silenzio che tutti i trenta hamburger fossero pronti. Nel cucinino faceva caldo, e cominciavo a sudare sotto gli occhiali da sci.

Preparando gli hamburger, i tre gettavano fuggevoli occhiate alla bocca del fucile. Infatti io ogni tanto mi grattavo l'interno delle orecchie col dito mignolo della mano sinistra – quando sono teso mi viene sempre prurito dentro le orecchie – e dato che per grattarmi passavo il braccio sopra gli occhiali, ogni volta facevo oscillare il fucile. Il che sembrava metterli in grande agitazione. In realtà non c'era pericolo che partisse un colpo perché non avevo tolto la sicura, ma loro questo non lo sapevano, né io avevo intenzione di dirglielo.

Nel frattempo mia moglie teneva d'occhio i tavoli, contava gli hamburger già pronti e li metteva in due borse di carta, quindici per una.

– Perché fate una cosa tanto assurda? – chiese a un tratto la ragazza rivolta a me. – Potevate prendere il denaro e andarvi a comprare tutte le cose da mangiare che volevate. E soprattutto che senso ha, mangiare trenta *Big Mac*?

Io scossi la testa senza rispondere.

– Ci dispiace, ma non c'erano panetterie aperte, – le spiegò mia moglie. – Se ne avessimo trovata una, avremmo assaltato quella.

La risposta probabilmente non era servita a chiarire la situazione, mi dissi, ma ad ogni modo quelli non fecero altre domande, continuarono a friggere la carne, metterla nel pane, impacchettare gli hamburger.

Quando ebbe sistemato i trenta *Big Mac* nelle due borse, mia moglie chiese alla ragazza di darle due Coca-Cola grandi e le pagò.

– Rubiamo solo il pane, nient'altro, – le spiegò ancora. La ragazza mosse la testa in maniera com-

plicata, un po' come se la scuotesse, un po' come se annuisse, probabilmente voleva fare le due cose insieme. Mi sembrava di capirla, piú o meno.

Poi mia moglie tirò fuori dalla tasca un rotolo di corda da pacchi – aveva pensato proprio a tutto – e legò rapidamente i tre a un pilastro, con la destrezza con cui avrebbe cucito dei bottoni. I tre, rendendosi conto che protestare non sarebbe servito a nulla, la lasciarono fare in silenzio.

– La corda non vi fa male? Qualcuno vuole andare alla toilette? – domandò mia moglie.

Nessuno fiatò. Io riavvolsi il fucile nella coperta, lei afferrò con entrambe le mani le borse contenenti i *Big Mac*, e uscimmo sgusciando sotto la saracinesca. I due clienti al tavolo continuarono a dormire imperturbati come due pesci d'acqua profonda. Mi chiesi cosa mai avrebbe potuto scuoterli dal loro sonno.

Dopo aver percorso qualche chilometro, ci fermammo nel parcheggio di un condominio e ci buttammo sugli hamburger. Ne mangiammo fino a saziarci, bevendo intanto le nostre Coca-Cola. Io spedii verso la cavità nel mio stomaco sei *Big Mac* in tutto, mia moglie ne divorò quattro. Sul sedile posteriore ne restavano venti. Verso l'alba la nostra fame profonda, che sembrava dover durare in eterno, si era calmata. I primi raggi del sole tinsero di viola i muri sporchi del palazzo di fronte e fecero brillare in maniera accecante una grande insegna di uno stereo Sony Beta. Insieme al rumore degli pneumatici di grossi camion, ogni tanto si sentiva il verso degli uccelli. La radio americana diffondeva musica *country*. Fumammo una sigaretta in due. Dopo, mia moglie posò piano il viso contro la mia spalla.

– Ma era davvero necessaria, quest'incursione? – Provai di nuovo a chiederle.

– È ovvio, – rispose lei. Fece un profondo sospiro, poi si addormentò. Il suo corpo era morbido e leggero come quello di un gatto.

Rimasto solo, io mi sporsi fuori dalla barca e guardai in fondo all'acqua: il vulcano non si vedeva piú. La superficie del mare era calma e rifletteva l'azzurro del cielo, piccole onde venivano a urtare dolcemente i fianchi della barca, come pieghe di un pigiama di seta mosse dal vento.

Mi sdraiai sul fondo e chiusi gli occhi, aspettando che l'alta marea mi portasse nel luogo al quale appartenevo.

Stampato per conto della Casa editrice Einaudi
presso ELCOGRAF S.p.A. – Via Mondadori, 15 – Verona
nel mese di novembre 2016

C.L. 22977

Ristampa							Anno			
0	1	2	3	4	5	6	2016	2017	2018	2019